러브 버그

시로여는세상 시인선 029

러브 버그

권경애 시집

시로여는세상

두 번째 시집을 묶으며

지나온 시간을 들추어 보니

그저 허술하기만 하다.

차고 넘치는 휘황한 시대에

보잘것없는 것들을 모아

작은 집을 지었다.

조촐하나마

누군가 잠깐 다녀가 주면

더없이 기쁘리라.

2015년 가을
권경애

러브 버그

차례

제2부 | 옷걸이

제3부 | 만찬 이후

제4부 | 잠잠

제1부
눈썹 그리기

몽유도원도

염천에 언니, 무릎 위로 치마 걷어 올리고 앉아 복숭아 고르느라 바쁘다 까슬까슬 복숭아털에 하얀 장딴지 발갛도록

애야, 올해는 햇살이 좋아 그런지 복숭아가 유난히 크고 맛있구나 근데 이거, 이렇게 잘 익은 게 쯧쯧 아깝게 벌레 먹은 것 좀 봐

오뉴월 땡볕에 둥글둥글 살진 연분홍 피부 뽀얀 속살, 물이 오를 대로 올랐다 한 입 베어 무니 다디단 과육, 태양의 붉은 허벅지가 목젖을 통과하고 또 한 입, 과즙이 목에서 가슴으로 흘러내려간다 흐음 아주 달아, 아아 달아오른다 몸이 꿈틀, 내장 어딘가로 꿈틀꿈틀 복숭아벌레 기어간다

복사꽃 환장하게 흩날리던 봄밤에 언니, 무슨 꿈을 꾸었는지요 단물 뚝뚝 듣는 달밤, 달큰한 향내 지천으로 퍼지는 한여름 밤이 강물처럼 흘러가요

촛불

누군가

내 몸에 불을 댕기자 드디어

긴 행진이 시작된다

죽어서 빛으로 환생하는

어둠처럼

가벼이 날고 싶은

내 일생

흔들리며 흔들리며 흔들리며

내가 나를 먹어치우는
〈

머나먼 여정

뼈와 살이 모두 사라져 버리는 날

나는 자유다

훨 훨

굿바이, 라일락

열두 살에 세상을 다 알았다고 생각한
그 소녀*보다 조금 더 이른
열한 살에 세상을 다 안다고 믿었던
꿈꿀 수 없어 잠들지 못했던 한 아이

사랑한다 사랑하지 않는다
죽는다 죽지 않는다, 나뭇잎점 뜯으며
끝이 보이지 않는 좁은
골목길을 유령처럼 떠돌던 아이

내 옷을 입고 내 신을 신고
나와 같이 밥을 먹고 아무렇지도 않게
티비를 보고 쇼핑을 하고 그러나
습관처럼 때때로 울음을 참던 아이야

이제는 노을 지고 어둠이 찾아올 시간
이제는 우리가 작별해야 할 때
되돌아가야 할 머나먼 그곳으로

안녕, 안녕, 잘 가라 내 청춘

* 은희경 소설 『새의 선물』 주인공

오래된 음반

유성기 복각판으로
노래를 듣는 오후

광막한 황야에 달리는 인생아
너의 가는 곳 그 어데이냐
쓸쓸한 세상 험악한 고해에
너는 무엇을
무엇을
무엇을*

바늘이 자꾸 툭툭 튄다
상처 없는 생이 어디 있으랴만
어떤 상처는 아물지 못하고
기억 속을 맴돈다
통증을 되새김하며

행복 찾는 인생들아
너 찾는 것 허무*

〈

튀는 바늘을 들어 옮겨 놓지만
부러진 뼈를 맞춘 자리처럼
이미 매끄럽지 못한 곡조

툭툭 걸리는 걸음으로
절룩거리는 오후 한 때

*2,4연 윤심덕 〈사의 찬미〉 중에서

짜장면

기억의 긴 면발을 당긴다

갈래머리 소녀, 그날 밤
반짝이는 어둠을 몰래 먹고 입가에 흘린

소문은 검은 죄가 되었지
죄는 별을 낳고 별은 독을 낳고

겹겹이 독 오른 시간의 주름들은
오래 불어터지지도 않는다

언제나
방금 끓인 듯 쫄깃쫄깃한

기나긴
슬픔 한 그릇

홍어

캄캄한 바다 속을
헤매던 그대

하늘을 날고 싶은 오랜 꿈으로
온몸이 다 날개로 변한 그대가

오늘 내 입 속으로 들어와
잘근잘근 씹히고 있네

와신상담
푹푹 썩고 또 썩으며
오래 참고 기다린 건

내 몸을 통해
하늘로 오르기 위한 그대의
오랜 꿈이었다는 걸
알겠네

코끝이 찡하도록

공중전화

새로 이사한 아파트 단지에
날마다 혼자 우두커니 서 있는
공중전화 부스를 보면

그 옛날, 구멍에 손가락을 넣고
다이얼을 천천히 돌려나가던
빨간 전화기가 생각난다.

5원짜리 동전을 넣으면
찰카닥, 소리와 함께 들려오는
뚜— 하는 발신음에
괜히 가슴이 콩콩대던 때가 있었지.

그러나 아무도 찾지 않는
공중전화 부스처럼 이제는
넘겨도 넘겨지지 않는
옛사랑의 앨범
〈

요즘엔 나도 부쩍
혼자 걷는 날이 많아졌다.
새로 이사한 아파트숲 속에서.

호모 노마드

유학 간 딸애가
전화를 했다

방학 때 집에 오는데
뭐 사가지고 올 거 없어요?
아참, 엄마는 유목민이라
사들이는 걸 싫어하시는데 깜빡했네요

딸애가 알아주는
내 유목의 역사는 꽤 오래되었다
네댓 살 무렵부터
잃어버린 나를 찾아 엄마는
파출소에 드나드신 적도 여러 번,
언젠가는 잃어버린 다음 날에서야
멀리 떨어진 동네 남의 집에서
아무렇지도 않게 놀고 있는 나를
데려오신 적도 있었다
〈

그 네댓 살의 열 배를 말없이
창밖을 바라보며 살아왔다
더 어두워지기 전에
잃어버린 나의 말을
찾아 나서야 하리

출항의 저녁

개포동 11번지 지하 작은 연주장에는
날마다 물결이 일고 파도가 친다

연주자 홀로 혹은 여럿이서 뿌리는
음표들이 물결로 일렁이다가
좁은 계단을 타고 올라가서
동네를 휘휘 누비기도 한다

물줄기를 따라 내려간 연주장에서는
누구나 무게를 버리고 파도를 타는데

이 세상 어디든 갈 수 있는 배 한 척
거저 얻은 듯
세상 부러울 거 하나 없이
바이올린 소나타를 듣는 저녁

나는 지금 먼 바다 어디쯤으로
둥실둥실 떠나가고 있는 중이다
다시는 내게 돌아오지 않을 것처럼

두 개의 달

그 옛날 우리 집 통금시간은
땅거미가 내려올 무렵이었다
어둠 속에 딸들이 노출될까 염려한 아버지는
밤에는 집 안에 얌전히 있는 법이라고
계집애가 밤거리에 나돌아 다니려거든
아예 집을 나가 버리라고 엄포를 놓았다
아버지의 불호령 속에 간힌 나는
내 키보다도 훨씬 높은 울안에서
낮달처럼 야위어 가기만 했었다.

어느 봄날 저녁 귀갓길에
종점 근처 느티나무 위로
크고 환한 달이 떠오르는 것을 보았다
작은 창을 통해 고요히 바라보던 달보다
훨씬 크고 둥근 달이 나를 마구 흔들었다
나는 덜컥 달을 삼켜 버리고 아버지의
울타리를 뛰어넘었다 나도 모르게
달처럼 뜨고 지면서 나는 조금씩
살이 오르고 몸이 더운 달이 되어갔다.

소처럼

고백하건대, 나 뒤끝 있는 사람입니다.
늘 되새김질하는 버릇이 있거든요.

무엇이든 일단 속에 넣었다가
두고두고 다시 꺼내 보며
잘근잘근 씹곤 합니다.

당신이 뭐라 하든 그저 웃기만 한다고
속없다 여길지 모르지만
먼저 꾹꾹 삼키고 보는 그 속이
오죽이나 하겠어요.

그래도 꾹꾹 삼킨 것을
곰곰 되새김질하다 보면 때로는
당신이 무심코 던진 날카로운 칼날도
무뎌지거나 작고 둥글게 부서져
먼지로 풀풀 날아가 버리기도 한답니다.
〈

그때쯤 나 문득,

뒤끝 없는 사람 되어

당신도 오죽했으면 그리하였을까,

무심의 꽃 한 송이 피우곤 하지요.

아리랑고개를 넘어간다

할 일 없으면 방바닥이나 닦으란다. 바닥을 닦으며 생각해보니 참 죄 많은 바닥이다. 아무리 치고 밟아도 묵묵부답 아무런 불평이 없다.

바닥이 되고 싶은 적이 있었다. 오도 가도 못하던 때 엎드려 바닥만 껴안고 있느니 스스로 바닥이 되어 아무 바닥에나 떠도는 떠돌이가 되어도 좋겠다는 생각을 한 적이 있었다.

공주치료감호소의 그녀는 바닥에서 더 깊은 바닥으로, 그러니까 지하 몇 층까지 내려간 걸까? 교도소 안에서는 별이 많을수록 높게 쳐준다던데 그 바닥에서는 지하로 더 많이 내려갈수록 높아질까?

종일 비가 내리고 하늘이 낮게 내려오고 마음도 바닥까지 내려간다 (고 푸념하니, 그렇게 할 일이 없으면 방바닥이나 닦으란다).
〈

닦아도 닦아도 표도 나지 않는 마룻바닥, 어두운 불빛 껴안고 저녁에서 아침으로 넘어가는 길 한참 멀다. 아리 아리아리랑.

폐건전지

벽시계의 건전지를 바꿔 끼우다가 그만
헌 것과 새 건전지가 섞여버렸다
아무리 살펴보아도 구분이 가지 않았다
옛 기억을 되살려
건전지 꽁무니에 혀를 살짝 대보았다
아무런 차이가 나지 않았다
결국 벽시계에 다시 끼워보고서야
헌 것을 가려 낼 수 있었다

그날 오후
병원 다녀오는 길에
갑자기 천둥 번개와 함께 쏟아지는 여우비를 맞았다
아파트 승강기를 타려다가 무심코 돌아보는데
현관 쪽 폐건전지함의 뚜껑이 열려 있다
순간, 머리끝이 버쩍 하늘로 치솟았다
승강기 문이 열리기 무섭게 재빨리 올라타고
다급하게 닫힘 버튼을 누르고 또 눌렀지만
곧장 문이 닫히지 않았다

온몸에 소름이 확 끼쳤다

- 아까 하느님께서 내 머리에
혀를 대보신 건
아닐까?

꾸불꾸불 꿈틀꿈틀

어딘가
조금씩 삐뚤어지거나 짝짝이어서
살짝 흐트러진
사람의 몸이
오히려
자연스럽다고 하지

반듯한 산 반듯한 강 없고
반듯한 나무 반듯한 꽃 없지

반듯한 나무
반듯한 강은
자로 재고
대패로 깎은 것
꽃도 잎도 피우지 못하고
들로 바다로 흐르지도 못하지

그러니 나도

그냥 내버려 두어볼까?

꾸불꾸불 꿈틀꿈틀
하늘로 바다로 이르는
저 나무처럼
저 강처럼

눈썹 그리기

외출 준비를 하면서 오늘도 곱게 눈썹을 그린다

돌아보면
내 마음에 뜬 보름달이
기울기 시작하면서 조금씩
눈썹을 진하게 그리기 시작했지만
그리고 그려도 늘 제자리걸음만 하는
내 마음속 저 멀리 떠 있는 초승달 하나

날마다 몰라보게 자라나서 그대 머리 위로
두둥실 떠오르기를 기다리고 기다리며
얼마나 많은 나날 눈썹을 그려왔던지,
닳고 닳은 몽당연필로 오늘도
곱디곱게 눈썹을 그리며
외출 준비를 한다

그대에게로 가는 먼 길 위에 두둥실 초승달을 띄운다

제2부
옷걸이

만년필 몽블랑

1

나를 채워 주세요
너무 오래 내버려 두어서 바짝 말랐어요
방법은 그대로가 좋아요
수축과 이완으로
서두르지 말고 천천히
내 몸을 채워 주세요
나는 서서히 차올라
만월이 될 거예요

2

그대에게로 번지는 달빛이어요 나는 그대가 길들인
촉의 방향으로 걸어가는 향기로운 달빛이어요 밤새도록
초롱 같은 시를 짓겠어요 아 아 아 그대는 노래를 불러
주세요 알프스 만년설처럼 사라지지 않는 맑은 노래를

듣고 싶어요
천 년 만 년

스프링 소나타

드디어 막이 오르고
연주가 시작되네
어린 손톱 속 반달같이 작고 여린
피아니시모에서 피아노 메조피아노 포르테…
크레센도로 자라는 음표들 연둣빛 멜로디

느티나무 아래에서 듣네
마음속 오래 간직한 말
수천수만의 입술 달싹여
사랑한다 사랑한다 나직이
속삭이는 첫사랑의 새순
아프게 밀어 올려 수줍게
수줍게 노래하네 4월에서 5월로
악보를 넘기며 그대에게 흘러가는

스프링 소나타,
연둣빛 귀를 열고
들어주면 좋겠네 느티나무 아래서

글썽이는 눈을 감네 그대의 발자국
소리 크레센도로 들려오네

정거장

저녁 어스름, 지워질 듯

한 남자, 버스 정거장에 서 있다.

버스가 왔다 가고 또 왔다 가도

그 남자 그냥 서 있다.

나뭇잎 하나가 그의 어깨를 툭 치고 간다.

문득, 그 남자 뒤를 돌아본다.

누군가를 기다리는 것일까?

그 남자 자꾸 어깨를 쓸어본다.

버스가 왔다 가고 또 왔다 가도
〈

하염없이 서 있는 그 남자

어둠이 내려와서 스르르 지워준다.

러브 버그*

"당신을 사랑합니다"
달콤한 이 말이 정말 달콤할까요?

달콤한 그 말이, 매일 떠오르는 해와 밤하늘의 달과
별, 나무와 풀, 새들의 울음소리까지도 어제와는 아주 다
르게 보이는 이상한 증상을 만드니까요.

가슴이 심하게 쿵쿵거려 급기야 터져버릴까 겁이 나
요. 잠 못 드는 밤이 이어져 정신과에 찾아가도 병명을
알 수 없다더군요. 이러다 가족도 친구도 일도 뭐도 모
두 허물어져 버릴까 두려움이 먹구름을 만들어내요.

어느 나라에서는 사랑이 무섭다고 느낌만 감지되어도
바로 쓰레기통에 던져버리라고 공지했다더군요. 부랴부
랴 바이러스 예방 백신을 만들고 만약을 대비해서 고효
능 치료약까지 준비했다고 합니다. 사랑이 만들어낼 끔
찍한 혼돈을 생각조차 하기 싫기 때문이지요.
〈

……그래도, 당신을,

정말, 사랑, 해도, 될까요?

* 한때 유행한 컴퓨터 바이러스의 하나. 'I love you'라는 제목의 메시지를
클릭하는 순간 침투하여 컴퓨터 안의 모든 파일을 파괴하고, 이메일 주소록에
있는 모든 사람에게 자동으로 편지를 발송할 정도로 당시 어떤 바이러스보다
강력하고 확산 속도도 빨랐다고 한다.

아날로그 사랑

요즘 아이들
연애 기간이 평균 여섯 달이지만
더 이상 지우개는 필요가 없다지

전원만 끄면
저장 안 한 문서처럼 단번에
서로의 관계를 깨끗이 지워버릴 수 있으니까.

그런데
옛날에 아이였던 나도
지우개가 필요 없다네

지우고 지우고 또 지워도
도대체 지워지지 않는
그대여

오늘
나는
비로소 지우개를 버리고 말았네.

외로우신 하느님

도대체 외로워 죽겠다며
한순간도 혼자서는 견딜 수 없다며
그는 수많은 사람과 수없는 사랑을 한다네

알고 보면 하느님도 너무 외로우신 거네
나 하나만 사랑해 달라고
다른 사람 쳐다보면 가만 두지 않겠다고
수많은 사람들에게 떼를 쓰시지

거리에는 무수한 하느님들이
진짜 사랑을 구하지만
요즘 세상 무엇이든 제값 다 주고는 못 배기지

번쩍이는 짝퉁 사랑 새로 사들고
죽을 거 같은 외로움을 가리며
세일광고판 앞을 지나는 그 사람

오, 하느님

옷걸이

오면 오는 대로
가면 가는 대로
싫다는 내색도 하지 못하고
좋다는 말은 더욱 못하는 나에게
속이 있기나 하냐고 비웃지 마.
툭하면 마음 비웠다고 말들 하지만
마음 비우는 게 그리 쉬운 일은 아니잖아.

그대를 사랑한다는 말 하지 못했듯
그대를 미워한다는 말도 하지 못하고
아무렇지도 않게 웃으라면 웃고
울라면 울면서 흔들흔들 바람에
누군가의 눈물이나 대신 말려주는
나에게 줏대도 배알도 없다고
손가락질하지 마.

이렇게 깡마른 어깨
이렇게 텅 빈 몸으로

어떤 이의 젖은 생을 통째로 걸치고

허구한 날 눈물이나 짜내는

이게 본래 나이거든.

유리 조심

1
새 건물 유리창에
붙어 있는 '유리 조심'

새로 끼운 투명한 유리
있어도 없는 듯 착각하고
머리를 들이받을지도 모를
누군가를 위해 친절하게
붙여 놓은 경고문

2
속이 훤히 들여다보인다고
다 아는 듯 착각하는 그대

입맞춤 한 번으로 마음까지
다 가진 듯 으쓱대는 그대

눈에 보이는 눈썹달보다

안 보이는 나머지가 더 큰 것을
모르고

부딪혀 깨어져야만
유리가 있는 줄 알

무지무지 캄캄한
그대여

조심하세요

한 번 크게 부딪치면
와장창 깨어져 버릴
유리보다 얇은 사랑을

겨울산

앙상한 나무들
숭숭 박혀 있는

겨울산

바람 불어
나무들 흔들리자

산이 꿈틀

손등 위 솜털에 슬쩍
그대 손길 스칠 때

내 몸도 움찔

모닥불

한때 푸른 산처럼 솟아

뜨거운 불꽃으로
새를 키우던 어느 날

서로 부둥켜안고 말없이
활활 속삭이던 그대와 나

이윽고 모닥불은 사위고
모두 제자리로 돌아간 아침

더는 타지 않는 화석으로 남은
불꽃 두 송이

발다로의 연인*

* 발다로의 연인: 2007년 이탈리아 발다로에서 발견된 한 쌍의 인골. 5~6천 년
전인 신석기시대 인물로 추정되는데 얼굴을 마주하고 서로 끌어안은 자세
그대로 육탈된 모습을 하고 있다. '5천 년의 포옹'이라고도 불린다.

국수를 삶다

세 해 만에 돌아온 그를
다시 보내고, 그 여자
국수를 삶는다

빳빳하던 국수가락
이내 무릎을 꿇지만
그래도 참을 수 없다는 듯 부르르 끓어오르는
국숫물, 위에 찬물 한 그릇 끼얹는다

심호흡하며 가라앉다가
불쑥 다시 끓어오르는 면발
얼른 불을 끄고, 눈물 같은
찬물로 한참 헹군다

젓가락에 감기는
너그러운 면발

설경설경

허기진 한 시절을
또 그렇게 넘긴다

순간

새벽 산책길
후미진 담장 아래
꽃다발 하나 떨어져 있네

누구에게 향하던
뜨거운 마음이었을까?

지난밤
그 순간을 다 지켜본 하늘은
얼마나 힘겨웠던지

가슴 한쪽이 금이 간 채
가까스로 아침을 맞이하고 있는데

바이올렛

기다립니다
삼백육십오 일

향기 내뿜지 않고
열매는 더욱 바라지 않아요

삼백육십오 일
동그랗게 웃음 지으며

날마다
기다릴 뿐

유치한 사랑

낡아빠진 판타지라는
비평가들의 혹평 딱지가 붙은
〈사랑〉이라는 영화를 보았다

서로 어긋나기만 하는데도
놓지 못하는 사랑의 끈을
어서 끊어내라는 듯
피아졸라의 음악이
내내 '망각'을 강요하였다

끝내 죽어서야 하나가 된
여자와 남자를 향해 관객들은
요즘 누가
사랑을 위해 죽느냐고
웅성거리는데

어디선가
지금도 사랑을 위해 죽을 수 있다고

외치는 한 사내의 굵은 음성이
또렷이 들려온다

사랑도 무한 복제되는
그렇고 그런 세상을
잠깐 잊어버리고
오늘 나는
유치한 사랑을 보았다
찬란한 사랑을 보았다

빙하기
— 팔당호에서

지난여름
거침없이 출렁이던 물결
잠잠하다

죽은 짐승처럼
몸이 뻣뻣한 저 호수
깨울 수 있을까

돌을 던져 본다
쩌엉~ 쩡~
소리만 낼 뿐 꼼짝도 하지 않는다

언제 다시 크게 출렁여 너에게 가 닿을 수 있을까……
아아, 흔들린다……
흔들리며 너에게로 간다 마음만 끝없이……

오지도 가지도 못하고
꽁꽁 얼어붙은
섬처럼

눈 위에 쓰다

신애는 현수를 사랑해
공원길에 펼쳐진 화선지 위에
누군가 금방 써놓은 듯 또렷한 글자들을
눈송이들이 펄펄 지워버린다 보란 듯이
또렷이 빛나는 사랑이란
한순간의 환상이라는 듯
짧은 햇살에도
흔적 없이 사라질
위태로운 사랑이라는 듯

묻히고 녹고
스미고 번져
드디어 누구도 꺼내가지 못할 사랑을 위해
함박눈에게 보란 듯이
펄펄 쓴다
사랑이여 안녕

제3부
만찬 이후

덧신 한 켤레

밤새 뒤척이다 깜빡 늦잠이 들었다
부랴부랴 아침밥 지어 먹이고
식구들 모두 내보낸 뒤에야
발이 시린 것을 느꼈다

어젯밤
덧신을 벗어 어디다 두었을까
이리저리 한참 찾다보니
침대 발치에 가지런히 놓여 있다

벽제화장장
엄마 몸 다 타고
뼈 조각 몇 개와 함께 남은
틀니 한 쌍

내 몸은
어디론가 사라져 버리고
우두커니 남아 있는
덧신 한 켤레

옥수수

수제비가 먹기 싫다고 울어
어머니의 애를 태우던 시절
메마른 땅에 자란 옥수수 알갱이처럼
드문드문 들어오시던 아버지가
아예 대처로 나가신 뒤
우리 식구들은 이리저리 흩어졌다
오빠만 남겨두고
언니와 동생은 외가로
나는 시골 할머니 집으로

그해 늦은 봄
보릿고개가 무슨 고개냐고
고개를 갸웃거리던 아홉 살 초등학생
빈 도시락 통에
노란 옥수수죽 받아먹는 재미로
학교종이 땡땡땡 어서 치기를 기다리곤 하였다
배급 받은 밀가루로 만든 수제비보다
몇 갑절 더 달콤했던 옥수수죽

〈

이승과 저승으로
이 마을 저 마을로
낱낱이 흩어진 우리 식구들
언제 다시 모여 살 수 있을까
곱게 엉긴 옥수수죽처럼

만찬 이후

엄마의 저녁 식사를 위해
직장에서 퇴근한 오빠는
한 시간이고 두 시간이고 앉아
누워 계시는 엄마 입 안에
숟가락으로 조금씩
죽도 넣어드리고
으깬 과일도 넣어드렸다.
엄마가 간신히 눈만 뜨고
입을 다무신 후 오빠는
두 시간이고 세 시간이고 앉아
주사기로 한 방울씩
미음과 주스를 넣어드렸다.
아무리 말려도 오빠는
링거보다 백 배 낫다며
차가운 방바닥이 뜨듯해지도록
일어설 줄 몰랐다.

작년 여름 어느 날

엄마는 그런 오빠가
안타까우셨는지 그만
눈도 입도 닫아버리고
멀리 떠나가셨다.

아직도 남아있는
엄마 곁의 둥그런 온기
엄마가 마련해 놓으신
우리들의 아랫목이다.

임종 이후

방바닥에 누운 채 천정을 쳐다보았지
무언가를 간절히 찾는 건지 찾았다는 건지
물 한 모금 겨우 넘길 만한 기운 다 걸어
지붕이라도 뚫을 듯 또렷한 눈빛으로
이마주름이 생기도록 치켜뜨고 보았지
거기 뭐 있어요? 뭐 찾아요?
자꾸 물어보아도 못 들은 척
눈 딱 감고 다른 곳으로 가신 엄마
이윽고 준비를 다 마쳤다는 듯
마지막 숨 크게 몰아쉬고서

엄마의 눈빛이 그렇게 빛나는 걸 처음 보았네
큰 숨 한 번 들이마시고 물속으로 뛰어드는 수영 선수처럼
이승에서 저승으로 소속이 바뀌는 순간
아무래도 낯선 곳에 대한 호기심이었거나
새로운 사람들을 만나느라 긴장한 때문인지도 모르지
한파와 폭설로 꽁꽁 얼기 일쑤인 이승을 떠나
언제나 복사꽃 만발한 그곳에서

이승에서는 만날 수 없는 어떤 이와 따뜻이 눈 맞추며
아주 다른 한 세상 알콩달콩 살아가고 계실지도 모르지
눈에 넣어도 아프지 않다던 우리들 이름 다 잊어버린 채

슬픈 밥상

한 줌밖에 되지 않는 몸으로
간신히 숨만 쉬고 계시는
엄마를 뵙고 돌아온 저녁
몹시 배가 고팠다.

식은 밥을 데우다가
손가락을 데이고 말았다
무척 화끈거렸지만
빈속을 달래려고
허겁지겁 밥을 먹었다.

때로는 삶을 놓아 버리고 싶었지만
우리 사 남매를 등에서 내려놓을 수 없었다는
엄마 때문에 나도 살아주기로 한 적이 있었다 .

그 엄마 이제는
말도 못 하고 밥도 못 드시는데
나는 왜 이렇게나 배가 고플까

자꾸 눈물이 나왔다.

엉엉 소리 내어 울며 밥을 먹었다
언제 한 번 실컷 울어보지도 못했을
엄마의 서러운 삶을 생각하며
꾸역꾸역 밥을 먹었다.

어떤 문상

사흘을 굶은 채 돌아가신
아버지의 장례 치르고
자신도 사흘을 굶었다는 그를
뒤늦게 문상하였다.

핼쑥한 얼굴의
그가 내온 군고구마를
점심 대신 먹으며 사람들은
잔칫집에 온 듯 웃고 떠든다.

누군가
고구마를 무척 좋아하는
제 아이에게 갖다 준다며
먹지 않고 싸가지고 가겠단다.

사랑한다는 것은
그 사람을 위해 기꺼이
굶기도 하는가보다.

〈

삶과 죽음이

갓 구운 고구마처럼

한통속으로 따뜻이 익어가는

한겨울 오후.

부재

엄마, 비 많이 오는데 괜찮아요?
엄마, 길 미끄러우니까 조심해서 다니세요.
엄마, 황사가 심한데……
엄마,
엄마,
……,

수도 없이 전화기를 들었다 놓는다

전화기를 들었다 놓는 손

손이 긋는 기나긴 허공

이토록 무겁다

제비꽃

인천공항 출국장
아버지 머뭇머뭇 손을 흔들고
딸은 성큼성큼 유리문 안으로 들어간다
문이 닫힌다

보이지 않는 딸을 향해 손을 흔들던 아버지
갑자기 몸을 날려 문 옆으로 간다 벽 아래 한 뼘 크기
로 나 있는 투명 유리창 앞에 쪼그리고 앉는다 납작 엎
드린다 기웃기웃 안쪽을 살핀다

너에게 엎드리는 건 아무 것도 아니다
너를 볼 수만 있다면

아버지의 도넛

아버지는 도넛을 참 잘 만드셨다
어린 우리들을 모아 놓고
보란 듯이 뽀-옥 뽁 허공으로
담배연기 도넛을 쏘아 올리곤 하였다.

우리들이 서로 잡으려고
손을 뻗으면
금세 사라지고 마는 도넛

어느 날
갑자기 직장을 잃고
담배연기 도넛처럼
허공으로 사라져간 아버지

가을 안개 자욱한 오늘
문득 그 옛날 아버지처럼
담배연기 도넛을 만들어 보려다
쿨럭쿨럭 마른기침만 하고 말았다.

선풍기

이제 날개를
떼어 버리세요.

멀리멀리 날아가고 싶어
불온의 지폐 긁어모아

날개를 달았지만
날지 못했잖아요.

평생 날개를 돌려도 늘 제자리
그 바람에 우리는 어지러웠어요.

그만 버리세요, 아버지
이미 다 찢어진 종이 선풍기

손가락 화석

그때 처음 보았다
언니의 오른쪽 가운데 손가락을

첫딸 낳고 산후조리하던 언니
셋째 손가락을 편 채로 미역국을 뜨고 있었다.
유난히 짧고 뭉툭한 손가락 끝에
쭈글쭈글한 모양의 손톱이 붙어있는

십 남매의 맏며느리, 어머니는
할머니 시집살이가 너무 무서웠다
손가락이 뭉개지도록 곪아 터져
숨넘어갈 듯 울어대는 언니를
병원에 한 번 데려가지 못했다.

첫돌 무렵 앓았던 생인손이 언니에게는
사춘기를 지나 꽃다운 스무 살이 넘도록
늘 부끄러운 비밀이었다.
〈

언니의 비밀은
엄마가 되면서 순식간에 사라졌지만
어머니 가슴에서는
아직도 후끈거리는 생인손이다.
할머니 돌아가신 지금까지도

천도재薦度齋

아버지를 멀리
배웅하고 돌아온 날 밤
그는 모처럼 깊은 잠에 빠졌다

이승에서의 미련과 집착을 떨쳐버리고
망자의 영혼이 극락에 이르기를 비는
목탁소리가 소나기로 쏟아지는 법당

두 손 모으고 머리를 조아리며
끝없이 절을 하는 그의 몸이
흠뻑 젖었다

땀에 젖은 옷을 갈아입고
두둥실 떠나시는 아버지
그의 묵은 한을 데리고 가신다

언니의 날개

언니가 빙판에 미끄러져
오른쪽 날개를 다쳤단다

이제 못 날겠네, 했더니
동생도 한마디 거든다
어차피 아들딸에 손녀들 셋
팔이 모자라 다 데리고 갈 수 없잖아
진즉에 종쳤어 종치고 말았어

삼층집 올려 온 식구 끌어모아 사는 언니
남은 한쪽 날개 푸드덕거리며
온종일 오르내린다

그 집 통째로 떠메고
날아가 보려는지

낭랑 19세

나 열일곱 살 때 하늘은 날마다 흐렸다 비가 올 듯 낮
게 깔린 구름들 사이로 모래바람이 윙윙 불었다

삼백육십오 일이 지나 열여덟 살 때도 마찬가지였다
간간이 하늘을 올려다보았지만 시커먼 구름에 가려 앞
은 더욱 캄캄하기만 하였다

다시 삼백육십오 일이 지나 열아홉 살이 되었다 폭설
이 내렸다 지독한 폭설에 길이 막혀 어디에도 갈 수가
없었다 아버지, 눈을 좀 치워주세요, 그 한마디 못 하고
나는 눈 속에 갇혀 버렸다

사막에도 눈이 내리는가 폭설만 아니었다면 사막이라
도 견딜 수 있었다 낙타의 혹이 울음주머니인 줄 몰랐다
눈 덮인 사막, 푹푹 빠지기만 할 뿐 소리 나지 않는 울음
을 우는, 다시 삼백육십오 일이 수없이 지나가도 울음주
머니 속에 갇혀 끝끝내 마르지 않는 나의 낭랑 19세

비밀의 방

딸애가 없는
빈 방을
내가 차지했다.

베란다를 터서 넓힌 방 한쪽에
기둥처럼 서 있는 헐지 못한 내력벽
그 뒤의 작은 공간은
혼자 숨기에 딱 좋다.

빤한 아파트 속처럼
아무리 비밀 없이 사는 게 좋아도
때로는 숨기고 싶은 것도 있지.

비밀 하나 간직하려고
나,
빈 방을 차지했다.

제4부
잠잠

자전거 타는 한강

한참 쏟아진 소나기에
갑자기 불어난 한강 물
용틀임하듯 흘러가는
한강을 따라
중년 부부가
자전거를 탄다
물안개를 뚫고
앞서거니 뒤서거니

강물처럼
하류에 이를수록
점차 생의 속도를 늦추는
부부
은빛 반짝이는
두 바퀴인 양
나란히 달려가는 한강
자전거를 타고

4월에서 4월까지

1
저 여자
죽은 아이만 낳는 저 여자, 그 여자가
낳은 숫자가 삼백이 넘었네
믿을 수 없는 통곡의 숫자네

진도 앞바다에 아직도 누워있는 여자여
남은 이들은 살려서 낳아 줘
신생의 울음 울게 해 줘
믿을 수 없는 기적의 숫자를 만들어 줘

그대는 뼈를 모으는 여인 라 로바*
노래를 불러 주오
그 뼈에 살이 붙고 피가 돌 때까지
숨을 넣어 주오
벌떡벌떡 일어나 어미의 품으로 모두 돌아올 때까지

2
일 년 삼백육십 일 팔천 시간이 넘게 흘러
다시 사월
노란 리본 달고 있는 산수유 개나리
천지간에 눈물로 나부끼는
아직도 사월인데……

* 멕시코 전설 속의 인물

김밥 할머니

이른바 김밥 할머니들의 기부가 줄줄이 이어진다. 대
개 젊어서 혼자가 되어 평생을 시장바닥에서 김밥을 팔
아 모은 돈을 주로 대학에 기부하여 어려운 학생들을 돕
자고, 가난하여 못 배운 한을 풀고 싶은 것이 그 이유라
는데,

나는 그 돈이 무척 아깝고 속상하다. 생전 머리에 빗질
한 번 못 할 정도로 힘들게 모았다는데, 지금이라도 거울
도 좀 보고 이쁜 사랑도 하고 맛있는 거 사 먹고 재미나
게 살지 않고 왜 남에게 다 주어버리는지, 나는 참 이해
하기 힘든 것인데,

평생 김밥을 말다가 끝내 스스로 밥이 되는 할머니
들……둥근 밥이 모난 세상을 둥글게 하는 이유는 어쩌
면 알 듯도 하네.

감나무도圖

박수근의 〈빨래터〉 소동이 잠잠해질 무렵
신문 1면 머리에 커다란 감나무 사진이 실렸다
또 위작 시비가 붙은 그림인가,
이번에는 풍경화인 모양이군,
중얼거리며 사진을 들여다본다

완주군 운주면 산기슭
잎 다 진 바짝 마른 가지에
붉은 감들이 주렁주렁 매달려 불을 밝히고

감나무 아래
저물도록 배추밭을 살피는 노부부
얼굴이 환하다

거칠고 험한 기사들을 제치고
말랑말랑하고 달콤한 것이 표제로 뽑힌
새로운 진경산수화를 들여다보는
입동 아침

프리 허그

일행과 헤어져 혼자 지하철에서 내렸다
북적대는 인사동 길을 걷다가
길 한복판에서 끌어안고 있는
남녀 한 쌍을 보았다 프리 허그
거리의 낯선 사람을 거저 안아 준다는,
안긴 여자의 얼굴은 행복해 보이지 않았다
안아준 남자의 얼굴도 덤덤해 보였다
여자가 가고 나자 다시 프리 허그
피켓을 들고 그 남자 사방으로 빙빙 돈다
돈다 인사동 길이 안아주기 위해
어서 와, 공짜로 안아줄게
아무나 공짜라니까 그래
나는 혹시 눈이 마주칠까 고개를 돌리고
그의 곁을 빠르게 지나갔다
차가운 바람이 거리를 훑고
인사동 길은 여전히 돌고, 돌고

가까이 오실래요?

지랄총량의 법칙이라는 말을 들어보셨나요 모든 인간에게는 평생 쓰고 죽어야 하는 지랄의 총량이 정해져 있어 죽기 전까지 반드시 그 양을 다 쓰게 되어 있답니다 어떤 사람은 어린 시절에, 어떤 사람은 사춘기에, 또 어떤 사람은 늘그막에 마침내 지랄의 총량을 채우게 된다네요 그러니까 사춘기 아이들이 이상한 행동을 할 때 그게 다 자기에게 주어진 지랄을 소모하는 것이겠지 생각하면 마음이 편해진다는 거예요 어릴 적에 지랄을 떨지 않고 겉보기에 멀쩡한 훌륭한 어른으로 성장한 사람들이 있는데 가끔 그들이 그동안 못다 쓴 지랄을 크게 쓰다가 큰 뉴스거리가 되고 낭패를 겪기도 하는 걸 보는데요 혹시 아직 다 못 쓴 지랄이 남아있다면 가끔 조금씩 나누어 쓰세요 한꺼번에 썼다가는 유명세를 탈지도 모르니까요 참고로 말씀드리자면 저는 지금까지 부모 속 한 번 썩이지 않고 숨 막히는 모범생으로만 살아왔답니다……

달에 홀린 삐에로*

주파수가 잘 맞춰지지 않는다
웬일인지 내가 즐겨 듣는
그 방송만 유독 그렇다
안테나를 흔들어 보고 이리저리
다이얼을 돌려 보아도 소용없다
가끔 멀쩡하다가도 무슨 과민반응인지
내가 움직이기만 하면 잡음이 들린다
숫제 알아들을 수 없는 소음일 때도 있다
그런 사람이 나뿐만이 아니었는지
방송을 잘 듣기 위한 지침들이 소문으로 돌았다
언젠가 그 소문을 가져다 한 번 써보았지만
방법이 서툴렀는지 쉽지 않았다
아무래도 새 라디오를 하나 장만해야겠다는
생각이 안테나처럼 불쑥 솟는다 그러나

새 라디오라고 별 수 있을까
잡음과 소음도 친구 삼아 불협화를
즐기는 게 나을지도 모르겠다

〈

협화음과 불협화음의 구분은 관습
이라니, 습관처럼 덜그럭거리는 너와 나
어쩌면 이미, 단단한 우리가 되었을지도

(하, 이 찬란한 꿈……)

* 쇤베르크의 곡. 불협화음과 독특한 성악 선율로 이루어진 현대음악 작품.

접시

아끼던 접시의 한 귀퉁이가 떨어져나갔다
여행지에서 빛깔이 예뻐 한눈에 반해 사온 것인데

깨어진 조각을 이리저리 맞추어 본다
한참 동동거리다가 강력 접착제로 붙여놓으니 멀쩡해 보였다

그런데 음식을 담아 먹고 설거지를 하려 생각하니 걱정이다
물에 닿아 혹시 다시 떨어지면 어떡하나……
애면글면하다가 결국 찬장 한 구석에 넣어두었다

- 접시 하나도 깨끗이 버리지 못하다니!

깨어진 자국이 실금으로 선명한 접시
붙여놓아도 여전히 까슬까슬한 접착 부위
집착처럼 돋아나는 헛바늘을 깨무는 느낌

아, 당신

넥타이

　발끝에서 머리끝까지 닫아놓고도 부족한 것이지요. 아, 그렇게 웃으면 안 됩니다. 웃음도 울음도 꾹꾹 눌러 놓고 단추를 채우세요. 틈을 보이면 안 되거든요. 끈으로 칭칭 동여 놓아야 합니다. 자물쇠를 채워 놓으면 더 안전하겠군요. 정확하게 아침부터 저녁까지 아니 더 정확하게는 하루 종일 밤새도록 일년 내내 평생을 그렇게 가두어야 하고말고요. 자를 대고 금을 긋고는 그 줄을 따라 걸어야 한답니다. 정확해야 하거든요. 탈선은 금물이에요. 갑갑하다고요? 잔뜩 부풀어 터질 거 같다고요? 쉿, 숨이 막혀도 참아야 해요. 흠, 파, 흠, 파, 수영할 때의 호흡법을 따라해 보세요. 그리고 그 줄대로 똑바로 따라 가세요. 정확해야 하거든요. 더 반듯하게 더 꽉 조일수록 지름길이 아예 수직으로 날지도 모른다니까요.

잠잠

휴대전화기를 잃어버리고
일주일가량을 그냥 지냈다.
혹시 누군가 답답해 하지나 않을까
괜한 걱정을 하면서도
짐짓 며칠을 실험하듯이
전화기를 새로 사지 않았다.

한밤중 스팸 메시지가 오는 소리에
잠을 설치는 날이 많다는 내 말에
늘 깨어 있어야 하는 게 시인이라지만
잘 때까지도 전화기를 켜놓느냐는
누군가의 농담처럼
그동안 너무 깨어 있었던 것일까
손에서 전화기를 놓아버리자
일상이 한결 가벼워졌다.

휴대전화기를 잃어버리고
잠잠하게 지낸 며칠 동안

내내 편안한 잠을 잤다.

너무나 오랜만이었다.

신종말론

두 팔을 흔들며 활짝 웃는다
무슨 소원이든 다 들어주겠노라
온 동네가 떠나가도록 외친다
무릎까지 꿇고 간절히 부르짖는 모습이
요즘 유행하는 공개청혼처럼 보이지만
처음 보는 사람이다

평생 손에 물 한 방울 안 묻히게 해주겠다는 말만큼 달콤한
나만 믿으면
천국으로 갈 수 있다는
약속들로 아슬아슬 부풀어 오르는

내일은 우리나라 총선일總選日
사이비 교주들이 머리를 조아리는
세상의 마지막 날

목인木人박물관

망자들의 저승길을 배웅하던
상여 장식용 나무 인형들이
전시되어 있는 목인박물관
동무 따라 놀이 가듯 환하게
웃고 있는 나무 인형들이
호화로운 상여그림과 어우러져 있다
관람료에 포함되었다는
차를 주문하고 지하 라운지로
내려갔다 상여 속 같은
그곳에는 귀면鬼面과 목인, 그리고
오래된 책들이 놓여 있었다
나를 따라 내려온 박물관의 그녀는
생긋 웃으며 찻잔을 내려놓고
되돌아간다 아, 그녀의 배웅!

참혹한 봄

일기예보 시그널로 쓰이던 봄 음악이
입춘도 되기 전부터 자주 나온다
스멀스멀 생각이 골똘해지고
알 수 없는 기운이 아지랑이처럼 피어오른다
누군가의 시집을 읽다가
기막힌 시구에 덜커덕,
마음이 걸리고, 몸마저 걸려, 꼼짝없이,
벽만 바라보다가, 캄캄 절벽 앞에서
애꿎은 종아리만 자꾸 때리다가,
어디 멀리 달아날 궁리를 해보는 것이다
찰랑대는 멜로디나 귀에 매달고
야반도주라도 하고 싶어지는 것이다
그러나 어디든 허허벌판, 갈 곳 마땅치 않고
배경음악은 언제나 절묘해서
이제 화창한 비발디에서 흐린 슈베르트로 넘어가는
봄이다

글러브, 글러브 좀 풀어줘*

이 옷 좀 벗겨줘

너무 꼭 죄어 혼자서 벗을 수가 없어

오래 입었지만 내게는 늘 거북하기만 한 옷

후후 발가벗겨져 아무 데나 내팽개쳐져도 좋아

이미 절반쯤은 누군가 가져가 버린 이 몸

나머지는 바람과 물과 새의 먹이가 된다면

훨훨 날 수 있다면, 흐를 수 있다면,

제발 이 옷, 옷 좀 벗겨줘.

* 링 위에서 쓰러진 최요삼 선수가 마지막으로 남긴 말. 그는 자신의 장기를
세상에 남기고 외로웠던 권투 인생을 마감하였다.

생의 덧없음을 건너는 덧신의 서정

김 선 굉 시인

1

　권경애는 지금 덧신을 신고 생의 덧없음을 건너고 있다. 일상적인 부조리(「옷걸이」)와 〈허무〉(「오래된 음반」)를 건너 이윽고 죽음(「임종 이후」)에 이르는 그 덧없음 너머로 〈자유〉(「촛불」)와 〈사랑〉(「스프링 소나타」)과 〈꿈〉(「홍어」)을 떠올리며 천천히 걸어가고 있다. 두 번째 시집 『러브 버그』가 첫 시집 『누군가 나를』(2006, 한국문연) 이후 십 년 만에 세상에 모습을 드러내는 것은 그만큼 그의 서정적 보행이 느리다는 것을 말해주고 있다. 관념의 그림자를 걷어낸 자리에 삶의 현장이 펼쳐지고 있으며, 그 현장마다 시인이 건너온 생의 구간이 아로새겨지고 있다. 느리다는 것. 그것은 생의 덧없음으로 추상되는 시인의 비극적 세계 인식이 그만큼 진지하고 치열하다는 것을 의미한다.

106

이 시집에는 덧신을 신고 아주 느린 걸음으로 시의 행간을 걸어가고 있는 시인의 뒷모습이 자주 보인다. 그 뒷모습을 뢴트겐으로 찍으면 그 영상이 마치 옷걸이처럼 인화되어 나올 것 같다.

이렇게 깡마른 어깨
이렇게 텅 빈 몸으로
어떤 이의 젖은 생을 통째로 걸치고
허구한 날 눈물이나 짜내는
이게 본래 나이거든.

—「옷걸이」부분

자아에 대한 성찰의 결과가 사무치게 아프다. 권경애의 비극적 세계 인식은 이 지점에서 바닥을 치고 있으며, 현재 그의 시 정신은 그 바닥을 짚고 일어서서 진정한 자아와 존재의 의미를 찾아 나서고 있다. 이런 관점에서 옷걸이를 〈이게 본래 나〉라고 하는 것은 자학적이면서도 극적인 역설이다. 자학은 현재의 내가 옷걸이라는 인식이며, 이 문맥 뒤에 몸을 숨기고 있는 역설은 내가 결코 옷걸이일 수 없다는 부정의 시 정신이다. 그러므로 진정한 〈본래 나〉를 찾아 나서지 않을 수 없는 것이다. 이 시집은 진정한 나를 찾기 위해 옷걸이로 상징되는 생의 덧없음을 덧신을 찾아 신고 건너는 참으로 느리고 아픈, 서정적이면서도 자기 고백적인 보고서라고 할 수 있다.

2

시나 시에 관한 산문은 밤에 써진다. 읽는 것 또한 환한 낮보다는 밤이 더 낫다. 밤이 깊어갈수록 시야는 어둠에 닫히고, 시의 행간에서 일어난 생각이 때로는 흐릿하게 때로는 섬광처럼 그 어둠을 뚫고 뻗어 나간다. 그리고 무엇보다 밤은 어둠을 밀어낸 불빛에 갇혀 나 자신을, 자신의 내면을 들여다보기 좋기 때문이다. 권경애의 시를 읽으면서 내 생각이 그리 틀린 것은 아니라는 것을 확인한다. 특히 작품 「촛불」은 어둠을 향해 하염없이 나아가는 서정의 관성을 잘 보여주고 있다.

누군가

내 몸에 불을 댕기자 드디어

긴 행진이 시작된다

죽어서 빛으로 환생하는

어둠처럼

〈

가벼이 날고 싶은

내 일생

흔들리며 흔들리며 흔들리며

내가 나를 먹어치우는

머나먼 여정

뼈와 살이 모두 사라져버리는 날

나는 자유다

훨 훨

—「촛불」 전문

시인의 일생이 촛불로 치환되고 있다. 그 일생이 참 많이도 흔들리면서 〈내가 나를 먹어치우〉고 있다. 그리고 〈뼈와 살이 사라져버리는〉 덧없음을 넘어 〈자유〉를 얻고 있다. 이처럼 생의 덧없음을 노래하는 시인의 상상력이 가닿은 지점은 〈자유〉다. 자유라는 거대한 추상이 얻은 몸이 촛불이며, 그 촛불은 이윽고 시인의 생애로 상징화

되는 것이다. 이 작품은 촛불에 기댄 시 정신의 핵심이 소멸을 지향하고 있으며, 그 아스라한 소실점에서 〈자유〉로 꽃피어나면서 완성되고 있다. 이 작품을 읽으면서 나는 이런 작품을 쓰고 나면 어떻게 될까 생각한다. 서정적 상상력은 방전되지 않을 수 없을 것이다. 그러므로 다음 작품을 위해서는 상당히 긴 충전의 시간이 필요하리라. 두 번째 시집이 십 년을 기다린 이유를 나는 이 지점에서 찾는다.

소멸의 미학과 함께 이 작품에서 내가 주목하는 것은 촛불을 서슴없이 끌어안는 대담한 즉물성과 그것을 〈내 일생〉으로 치환하는 밀도 높은 서정성이다. 이 작품에서 보여주고 있는 권경애의 시 정신은 자못 치열하다. 상당수의 작품에서 시 정신의 근육이 한 지점을 향해 에너지를 집중하고 있음을 볼 수 있다. 이를테면 「촛불」이 지향하고 있는 지점은 〈자유〉며, 거기에 도달하면서 시를 완성하는 순간 모든 에너지가 소진되는 느낌을 받는다. 작품 「홍어」는 이런 생각을 극명하게 뒷받침하고 있다.

캄캄한 바다 속을
헤매던 그대

하늘을 날고 싶은 오랜 꿈으로
온몸이 다 날개로 변한 그대가

〈

오늘 내 입 속으로 들어와

잘근잘근 씹히고 있네

와신상담

푹푹 썩고 또 썩으며

오래 참고 기다린 건

내 몸을 통해

하늘로 오르기 위한 그대의

오랜 꿈이었다는 걸

알겠네

코끝이 찡하도록

—「홍어」 전문

　작품 「촛불」은 촛불이 제 몸을 태워 〈자유〉로 승화되고 있으며, 「홍어」는 〈푹푹 썩고 또 썩으며/ 오래 참고 기다리〉면서 〈내 몸을 통해/ 하늘로 오르기 위한〉 〈오랜 꿈〉으로 승화되고 있다. 이 두 편의 작품을 통해 본 권경애의 작품 세계는 소멸의 미학과 승화의 미덕이라는 두 레일을 달리는 서정의 열차라고 할 수 있다. 소멸은 아프며 승화는 아름답다. 그러므로 그의 시는 운명적으로 슬프고 아

름다울 수밖에 없다. 그러므로 권경애의 두 번째 시집은
『러브 버그』라는 이름의 슬프고 아름다운 서정적 열차며,
그 열차는 그대의 인생은 어떤가 하고 물으며 우리에게
탑승을 권하고 있다.

　말하자면 나는 세상을 향해 출발하는 권경애의 두 번째
서정적 열차에 탑승한 첫 번째 승객이다. 그 열차에 대한
대략적인 설명과 안내는 첫 승객으로서의 특권이자 의무
라고 해도 좋으리라. 우선 두 편의 작품에 대하여 이야기
하지 않을 수 없다.

　밤새 뒤척이다 깜빡 늦잠이 들었다
　부랴부랴 아침밥 지어 먹이고
　식구들 모두 내보낸 뒤에야
　발이 시린 것을 느꼈다

　어젯밤
　덧신을 벗어 어디다 두었을까
　이리저리 한참 찾다보니
　침대 발치에 가지런히 놓여있다

　벽제화장장
　엄마 몸 다 타고
　뼈 조각 몇 개와 함께 남은

틀니 한 쌍

내 몸은
어디론가 사라져버리고
우두커니 남아 있는
덧신 한 켤레

—「덧신 한 켤레」 전문

염천에 언니, 무릎 위로 치마 걷어올리고 앉아 복숭
아 고르느라 바쁘다 까슬까슬 복숭아털에 하얀 장딴
지 발갛도록

애야, 올해는 햇살이 좋아 그런지 복숭아가 유난히
크고 맛있구나 근데 이거, 이렇게 잘 익은 게 쯧쯧 아
깝게 벌레 먹은 것 좀 봐

오뉴월 땡볕에 둥글둥글 살진 연분홍 피부 뽀얀 속
살, 물이 오를 대로 올랐다 한 입 베어 무니 다디단 과
육, 태양의 붉은 허벅지가 목젖을 통과하고 또 한 입,
과즙이 목에서 가슴으로 흘러내려간다 흐음 아주 달
아, 아아 달아오른다 몸이 꿈틀, 내장 어딘가로 꿈틀
꿈틀 복숭아벌레 기어간다
　〈

복사꽃 환장하게 흩날리던 봄밤에 언니, 무슨 꿈을
꾸었는지요 단물 뚝뚝 듣는 달밤, 달큰한 향내 지천
으로 퍼지는 한여름 밤이 강물처럼 흘러가요

—「몽유도원도」 전문

  권경애의 시가 거느리는 또 하나의 미덕은 현장성이다.
거의 모든 시편에 시인의 몸이 있다. 시의 행간에 시인의
몸이 있다는 것. 이것은 시인의 상상력이 유희적이든 우
주론적이든 그 노래가 시 정신에 뿌리를 내린 시인의 육
성임을 담보한다. 리얼리티에 뿌리를 내리지 않은 상상력
은 아무리 애틋하고 화려해도 서정적 아이덴티티를 의심
받을 수밖에 없다. 작품의 현장에, 시의 행간에 시인의 호
흡과 체온이 스며들어 있다는 것. 내가 생각하는 서정의
진정성은 이 지점에서 출발한다.

  작품「덧신 한 켤레」에서 보여주고 있는 〈덧신〉과 〈틀
니〉의 대담한 병치는 상당히 충격적이다. 시인은 냉정하
고 드라이하게 그냥 그것을 불쑥 내민다. 우리 앞에는 시
인과 시인의 어머니, 삶과 죽음, 이승과 저승, 나아가서는
모든 존재와 부재에 대한 시니피에로서의 〈덧신〉과 〈틀
니〉가 아무런 설명도, 해석의 모티브도 없이 다가온다. 기
표로서의 〈덧신〉과 〈틀니〉는 설치 미술처럼 시각적으로
바로 다가오는 것이다. 그러나 그 기표 너머의 기의에 접
근하는 순간 우리는 모든 존재와 부재에 대한 추억을 불

러일으키면서 아득하고 복잡해진다. 이 작품은 어떤 비유도 상징도 없이 단도직입으로 삶과 죽음에 대한 질문을 던지면서 정답은 독자의 몫으로 떠넘기고 있다. 불친절하다. 그런데 그 불친절함이 어떤 미사여구보다도 명쾌하게 인생의 의미를 강렬하게 되새기게 하고 있다. 아, 좋은 작품은 불친절하며 불편하구나. 그런데 그게 괜찮구나 하는 느낌을 준다. 작품 자체가 감동을 주는 게 아니라 감동의 모티브를 주는 것. 이 모든 것을 넘어서 이 작품이 우리에게 던지는 가장 중요한 메시지는 리얼리티다. 〈덧신〉을 신었든 안 신었든 우리가 지금 이 순간 딛고 있는 현실을 강력하게 환기시키고 있다. 그리고 틀니를 했든 안 했든 어떻게 삶을 마감하는 게 옳으냐 하는 질문을 던지고 있다. 그 질문에 대한 대답은 각자의 몫이다.

그러면 「몽유도원도」는 무엇인가. 분석에 앞서 가장 중요한 것은 〈복사꽃 환장하게 흩날리던 봄밤〉의 환타지 또한 우리가 딛고 있는 현실을 바탕으로 하고 있다는 점이다. 그러나 이 작품의 육체는 냉정하고 드라이한 「덧신한 켤레」와는 사뭇 다르다. 시인의 서정적 상상력이 마음껏 작동하면서 〈달큰한 향내 지천으로 퍼지는 한여름 밤이 강물처럼 흘러가〉고 있다. 우리는 이 작품을 읽으면서, 아, 내 몸도 〈아아 달아오르〉면서 〈꿈틀〉거린 적이 있었음을 환기하면서 살아 있음의 황홀을 되살려 내기도 하는 것이다. 시인과 하나도 다를 게 없이 우리 또한 〈덧신〉과

〈틀니〉의 리얼리티와 〈복사꽃 환장하게 흩날리던 봄밤〉의 환타지를 갖고 있다. 다만 시인은 그것을 작품으로 승화시키고 있고, 우리는 그 시의 문맥을 따라 자아의 무의식 심층에 잠재되어 있던 기억과 추억을 되살려내면서 공감하는 것이다.

이 지점에서 우리가 주목해야 하는 것은 현재 권경애의 시적 전략이 〈덧신〉의 리얼리티와 〈복숭아〉의 환타지 사이에서 〈한여름밤의 강물처럼 흘러가〉고 있다는 사실이다. 그러므로 〈덧신〉과 〈복숭아〉는 권경애의 작품 세계가 〈흘러가〉고 있는 서정적 영토이며, 하나하나의 작품들은 그 땅을 적시며 흘러가고 있는 크고 작은 〈강물〉이라고 할 수 있다.

3

권경애의 시 세계는 〈덧신〉의 리얼리티와 〈복숭아〉의 환타지를 경계로 폭넓게 확장되어 있다. 현재 그의 작품은 그 토양 위에서 다채롭게 변주되고 있으며, 그 작품 세계를 관통하고 있는 시 정신의 토대는 비극적이다. 〈기억의 긴 면발을 당기〉는 〈기나긴 슬픔 한 그릇〉(「짜장면」)이며, 〈앙상한 나무들/ 숭숭 박혀 있는// 겨울산〉(「겨울산」)이다. 〈오지도 가지도 못 하고/ 꽁꽁 얼어붙은/ 섬〉(「빙하기」)이며, 〈기막힌 시구에 덜커덕,/ 마음이 걸리고, 몸마저 걸려, 꼼짝없이,/ 벽만 바라보다가, 캄캄한 절벽 앞에서/ ……어디 멀리 달아날 궁리를 해보는〉(「참혹한 봄」) 현실이다.

그러나 그의 시 정신의 지향점은 비극적 세계관을 넘어서, 〈타고 남은 재가 다시 기름이 되〉(한용운, 「님의 침묵」)듯이 자유와 희망과 생명을 향해 열려 있다. 〈뼈와 살이 모두 사라져버리는 날/ 나는 자유〉(「촛불」)를 얻게 되며, 〈꾸불꾸불 꿈틀꿈틀/ 하늘로 바다로 이르는/ 저 나무처럼/ 저 강처럼〉(「꾸불꾸불 꿈틀꿈틀」) 되고 싶은 것이다. 〈그대에게로 가는 먼 길 위에 두둥실 초승달을 띄우〉(「눈썹 그리기」)기도 하고, 〈휴대전화기를 잃어버리고/ 잠잠하게 지낸 며칠 동안/ 내내 편안한 잠을 자〉(「잠잠」)면서 지친 몸과 마음을 충전하여 〈잃어버린 나의 말을/ 찾아나서〉(「호모 노마드」)고자 하는 것이다. 그리고 그 자유와 희망을 얻을 수만 있다면, 〈너를 볼 수만 있다면/ 너에게 엎드리는 것은 아무 것도 아니〉(「제비꽃」)라면서 서정적 가치 지향성을 당당하게 드러내고 있다.

그러나 〈편안한 잠〉(「잠잠」)과 〈오랜 꿈〉(「홍어」)으로 구체화되는 권경애의 자유와 희망에 이르는 여정은 결코 순탄하지 않다. 그가 느린 걸음으로 진지하게 내딛는 현실은 삶의 부조리를 넘어 만만치 않은 장애와 함정으로 앞을 가로막는다. 이런 관점에서 작품 「러브 버그」는 그의 시 세계를 이해하는 중요한 미학적 코드를 제시하고 있다.

"당신을 사랑합니다"
달콤한 이 말이 정말 달콤할까요?

달콤한 그 말이, 매일 떠오르는 해와 밤하늘의 달과
별, 나무와 풀, 새들의 울음소리까지도 어제와는 아
주 다르게 보이는 이상한 증상을 만드니까요.

가슴이 심하게 쿵쿵거려 급기야 터져버릴까 겁이
나요. 잠 못 드는 밤이 이어져 정신과에 찾아가도 병
명을 알 수 없다더군요. 이러다 가족도 친구도 일도
뭐도 모두 허물어져 버릴까 두려움이 먹구름을 만들
어내요.

어느 나라에서는 사랑이 무섭다고 느낌만 감지되어
도 바로 쓰레기통에 던져버리라고 공지했다더군요.
부랴부랴 바이러스 예방 백신을 만들고 만약을 대비
해서 고효능 치료약까지 준비했다고 합니다. 사랑이
만들어낼 끔찍한 혼돈을 생각조차 하기 싫기 때문이
지요.

……그래도, 당신을,
정말, 사랑, 해도, 될까요?

— 「러브 버그」 전문

러브버그는 컴퓨터 회로에 치명상을 입히는 악성 바이러스다. 〈I love you〉라는 메시지를 클릭하는 순간 사이버 공간의 질서는 파괴되고, 주체의 의도는 터무니없이 왜곡된다. 〈"당신을 사랑합니다"/ 달콤한 이 말이 정말 달콤할까요?〉에서 질문의 무게 중심은 부정 쪽으로 기울고 있다. 〈달콤한 그 말이〉 현실을 〈아주 다르게 보이〉게 하는 〈이상한 증상을 만〉들며, 나아가서는 〈가족도 친구도 일도 뭐도 모두 허물어져 버릴까 두려움이 먹구름을 만들어내〉기 때문이다. 그럼에도 불구하고 시인은 사랑이외에 무엇이 있겠는가 하는 사랑의 본질적 가치 지향성을 참으로 간절히, 스타카토의 강조 화법으로 묻고 있다. 〈……그래도, 당신을, 정말, 사랑, 해도, 될까요?〉 이 질문의 무게 중심은 긍정 쪽으로 기울고 있다. 말하자면 이 작품은 어떤 치명적인 두려움에도 불구하고 사랑한다는 말을 〈달콤〉하게 받아들이고, 사랑이 지닌 본래의 가치를 추구해 나가고자 하는 강렬한 서정적 의지를 담고 있다.

4

모든 예술과 함께 문예미학 또한 인생은 물론 모든 존재의 운명을 비극적인 것으로 통찰한다. 소멸하지 않는 존재는 없으며, 이 세상을 떠나지 않는 인생은 없다. 모든 예술가들은 이러한 세계 인식 위에서 의미 있는 순간을 자신의 방식으로 기록한다. 순간을, 의미 있는 순간을, 기억

하고 싶은 순간을 영원으로 치환하는 것이다. 작품 또한 운명적으로 소멸할 수밖에 없지만, 예술가들은 자신의 작품에 영원성을 부여한다는 믿음을 갖고 혼을 쏟아붓고 있으며, 시인 또한 그러한 믿음으로 시를 쓰고 있다. 그러나 결국은 어떻게 되는가. 작품은 어떻게 되며, 인생은 어떻게 되는가. 두 말 할 것도 없이 소멸의 운명을 맞게 된다.

　권경애는 시집 3부를 이별을 위한 헌사로 채우고 있다. 이별은 소멸의 다른 이름이다. 〈이승과 저승으로/ 이 마을 저 마을로/ 낱낱이 흩어진 우리 식구들/ 언제 다시 모여 살 수 있을까/ 곱게 엉긴 옥수수죽처럼〉(「옥수수」). 그리고 자신을 포함한 모든 식구들, 모든 이웃들은 언젠가 떠나간다는 사실을 뻔히 알면서도, 막상 이별의 순간에 이르러서는 왜 내게 이런 일이 일어나는가 하면서 울음을 토해낸다. 그 이별의 대상이 자신을 낳아준 어머니일 때 슬픔은 극대화되는 것이다.

　그 엄마 이제는
　말도 못하고 밥도 못 드시는데
　나는 왜 이렇게 배가 고플까
　자꾸 눈물이 나왔다.

　엉엉 소리 내어 울며 밥을 먹었다
　언제 한 번 실컷 울어보지도 못했을

엄마의 서러운 삶을 생각하며
꾸역꾸역 밥을 먹었다.

ㅡ「슬픈 밥상」부분

엄마, 비 많이 오는데 괜찮아요?
엄마, 길 미끄러우니까 조심해서 다니세요
엄마,
엄마,
……,

수도 없이 전화기를 들었다 놓는다

전화기를 들었다 놓는 손

손이 긋는 기나긴 허공

이토록 무겁다

ㅡ「부재」전문

　작품「슬픈 밥상」은 임종 직전의 슬픔이며,「부재」는 어
머니를 보낸 뒤의 견디기 어려운 서러움이다. 이 두 작품
은 슬픔과 서러움을 걷어내기 전의 서정이며,「덧신 한 켤
레」는 그것을 걷어낸 자리에 세운 한 채의 사물화된 서정
적 탑이다. 바로 이 작품을 통해 시인은 생의 쓸쓸함과 스

산함, 존재의 허무와 덧없음을 대상화하고 그 실체를 통찰하는 것이다.

5

나는 현재 권경애의 시를 덧신을 신고 생의 덧없음을 건너는 서정의 세계로 요약한다. 첫 시집 『누군가 나를』이 시와의 연애였다면, 두 번째 시집 『러브 버그』는 시와의 살림이다. 연애는 환타지며 살림은 리얼리티다. 권경애는 지금 시의 행간에 적극적으로 몸을 밀어넣고 있다. 관념과 환타지를 걷어낸 자리를 리얼리티가 채울 때 시의 울림과 호소력은 증폭된다. 참 많이 아프고 애틋하지만 그는 지금 〈"당신을 사랑합니다"〉(「러브 버그」)라는 순결한 메시지마저 치명적인 함정으로 작동하는, 그리하여 〈……그래도, 당신을, 정말, 사랑, 해도, 될까요?〉라고 되물을 수밖에 없는 현실을 부둥켜안고 사랑의 본질을 탐색하고 있다.

나는 지금 이 시집을 프리즘으로 하여 「촛불」의 소멸의 미학을 넘어, 「러브 버그」의 두려운 현실을 넘어, 아득한 소실점 부근에서 솟아오르는 자유와 꿈, 사랑과 생명을 향해 걸어가고 있는 그의 뒷모습을 바라보고 있다. 그가 걸어가고 있는 여정에 왜 감미롭고 눈부신 서정이 없겠는가. 문득 회귀하고 싶은 낭만과 사랑이 없겠는가.

내 마음속 저 멀리 떠 있는 초승달 하나

날마다 몰라보게 자라나서 그대 머리 위로
두둥실 떠오르기를 기다리고 기다리며
얼마나 많은 나날 눈썹을 그려왔던지,
닳고 닳은 몽당연필로 오늘도
곱디곱게 눈썹을 그리며
외출 준비를 한다

그대에게로 가는 먼 길 위에 두둥실 초승달을 띄운다

—「눈썹 그리기」부분

마음속 오래 간직한 말
수천수만의 입술 달싹여
사랑한다 사랑한다 나직이
속삭이는 첫사랑의 새순
아프게 밀어올려 수줍게
수줍게 노래하네 4월에서 5월로
악보를 넘기며 그대에게 흘러가는

스프링 소나타,
연둣빛 귀를 열고
들어주면 좋겠네 느티나무 아래서

글썽이는 눈을 감네 그대의 발자국

소리 크레셴도로 들려오네

—「스프링 소나타」 부분

두 편 다 감미롭고 서정적인 소나타며 세레나데다. 「눈썹 그리기」는 내 몸을 통하여, 「스프링 소나타」는 〈새순〉을 통하여, 살아 있음의 환희와 사랑에 대한 벅찬 기대를 노래한다. 그러나 그의 시 정신은 지금 자아의 낭만적 서정과 자연의 원초적 생명의 아름다움 너머로 펼쳐지고 있는 생의 허무와 부조리로 가득 찬 현실을 어루만지는 데 더 많은 힘을 기울이고 있다. 그 결과 두 번째 시집 『러브 버그』는 〈덧신〉의 창작 매카니즘을 스팩트럼으로 하여 다채롭게 전개되고 있다. 그리고 〈덧신〉을 신고, 「호모 노마드」의 숙명을 묵묵히 받아들이며, 「러브 버그」로 추상되는 가파른 현실 속으로 더 깊이 걸어 들어가고 있다.

권경애는 지금 그가 꿈꾸어마지 않는 낭만과 서정의 세계를 유보하고 삶의 부조리 위에 펼쳐지고 있는 존재의 아픔과 부재의 허무를 노래하고 있다. 그것은 〈천 년 만년〉 〈듣고 싶〉은 〈알프스 만년설처럼 사라지지 않는 맑은 노래〉(「만년필 몽블랑」)는 현실적인 아픔과 허무를 딛고 건너가지 않으면 듣기 어렵다고 믿기 때문이 아니겠는가. 나는 이 시집 이후 긴 여정을 통해 그가 아로새겨 나갈 테마는 「러브 버그」의 왜곡된 회로를 걷어낸 진정한 사랑과 희망이 될 것임을 예감한다. 〈……그래도, 당신을, 정말, 사랑, 해도, 될까요?〉는 어떤 긍정이나 승인을 기대하는 질문이 아니라 〈……그래도, 당신을, 정말, 사랑〉하겠다는, 사랑할 수밖에 없다는 강렬한 의지를 내면화한 것으로 읽히기 때문이다.

시로여는세상 시인선 029

러브 버그

ⓒ2015 권경애

펴낸날	2015년 11월 1일
지은이	권경애
펴낸이	김병옥

펴낸곳	시로여는세상
등록일	2002년 1월 3일
등록번호	서초 바 00110호
주소	06583 서울시 서초구 사평대로6길 113, 101호(방배동 상지)
편집실	03157 서울시 종로구 종로 19(르메이에르 종로타운) B동 723호
전화	02)394-3999
이메일	2002poem@hanmail.net
블로그	http//blog.daum.net/2002poem

편집 미술	김연숙
제작 공급	토담미디어 02)2271-3335

ISBN 979-89-93541-39-7 03810